A ti, que nunca
tienes suficiente con los gatos.

N.R.

Para Lou y Sarah

J.J.

Pedro, el gato de pie
1.ª edición: febrero de 2019
Depósito legal: B 1854-2019
ISBN: 978-8417210-52-6

Impreso en XY Printing

Editorial el Pirata
C/ de la Costa, 74, 08023 - Barcelona
www.editorialelpirata.com

Pedro, el gato de pie

Nadine Robert
& Jean Jullien

Editorial el Pirata

Esta mañana Marcos, mientras unta la tostada, escucha un maullido.

MIAAAUUU~

«El gato de la vecina debe tener hambre», piensa.

Pero el maullido se transforma rápidamente en un llanto insistente, así que Marcos se levanta para ir a ver qué ocurre.

MIIAAAUUUUU

Tan pronto como se abre la puerta, ¡cesa el maullido!, y Marcos se encuentra una caja donde lee: Pedro.

Así que se apresura a abrirla.

Cuando por fin puede salir, Pedro el gato se levanta sobre sus patas traseras.

—¡Caray, Pedro! ¡Si puedes estar de pie!

Marcos nunca había visto un gato de pie...
Pero qué más da. En realidad,
siempre había soñado con tener un gato.

Así que decide adoptar a Pedro.

Un miércoles, después de la escuela,
Julia llama a la puerta de Marcos.

—¡Hola, Marcos! ¿Quieres venir a jugar al parque?

Sin dudarlo, Marcos y Pedro la acompañan.

—Pero... ¿cómo has conseguido
que tu gato aprenda a estar de pie?
—pregunta Julia.

—Yo no se lo he enseñado —responde Marcos—.
Siempre lo ha sabido hacer.
Pedro es el gato de pie.

—¡Uau, qué bien! Y...
¿Pedro puede cazar ratones?

—No, pero le encanta
perseguirlos en monopatín.

—¡Qué listo! Y...
¿Pedro juega con los ovillos de lana?

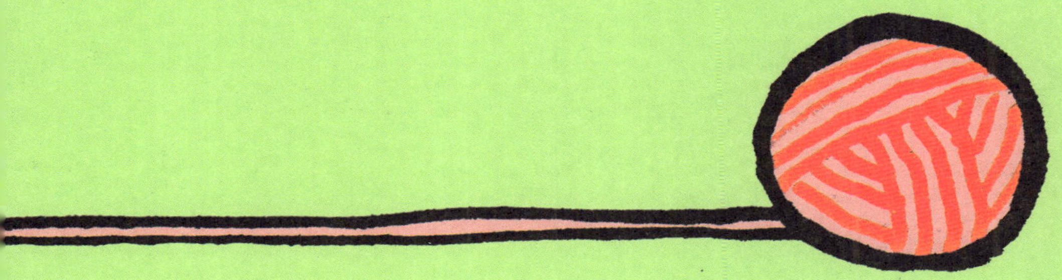

—No, pero le encanta jugar a las cocinitas.

—¡Qué curioso! Y...
¿Pedro puede trepar a los árboles?

—No, no sabe subir.
Pero puede hacer estiramientos.

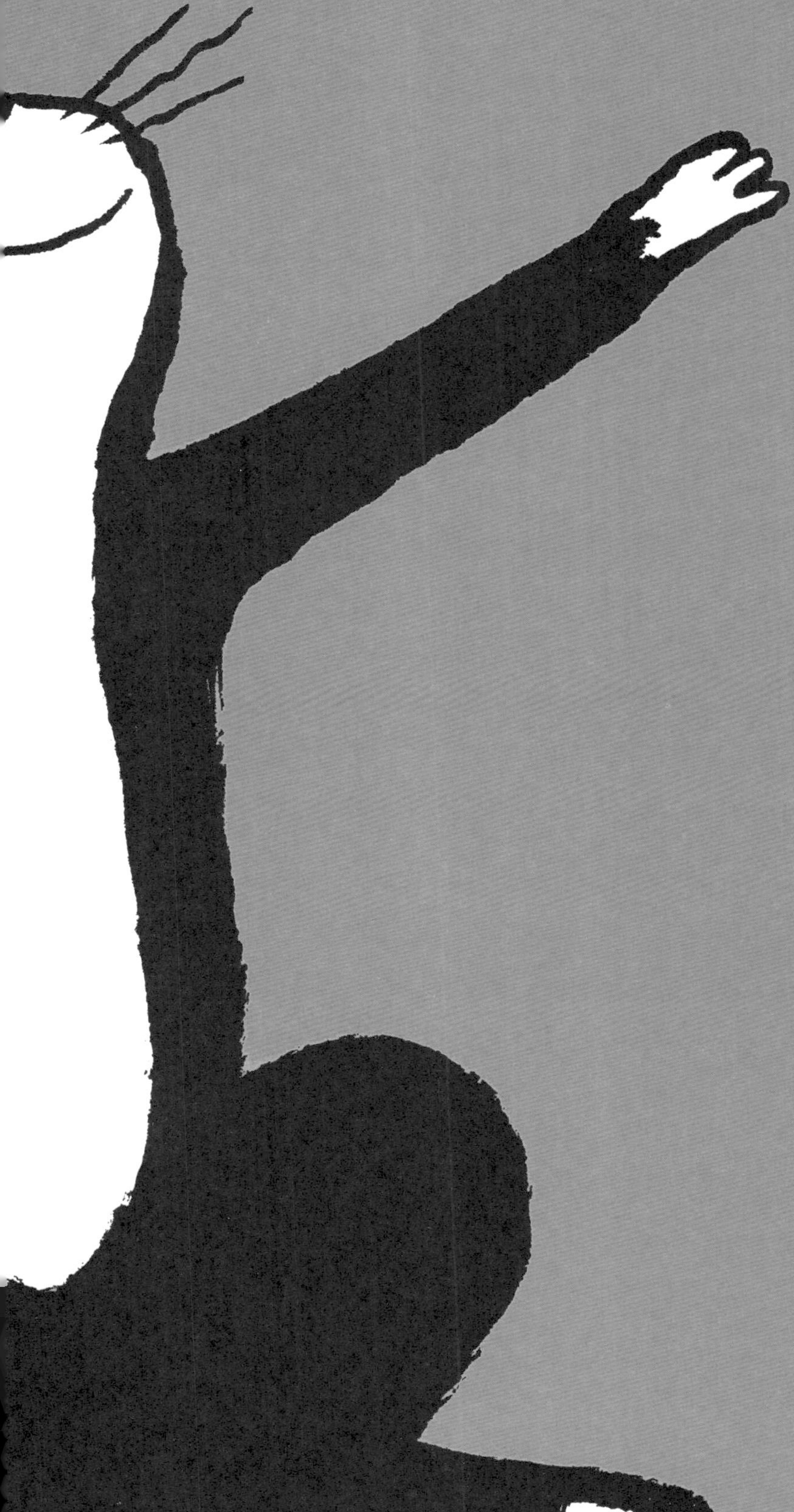

—¡Magnífico! Y...
¿Pedro puede girarse sobre sí mismo
y morderse la cola?

—No, pero a veces utiliza la cola para beber té.

—¡Divertidísimo! Pero...
Pedro lo araña todo con sus garras, ¿no?

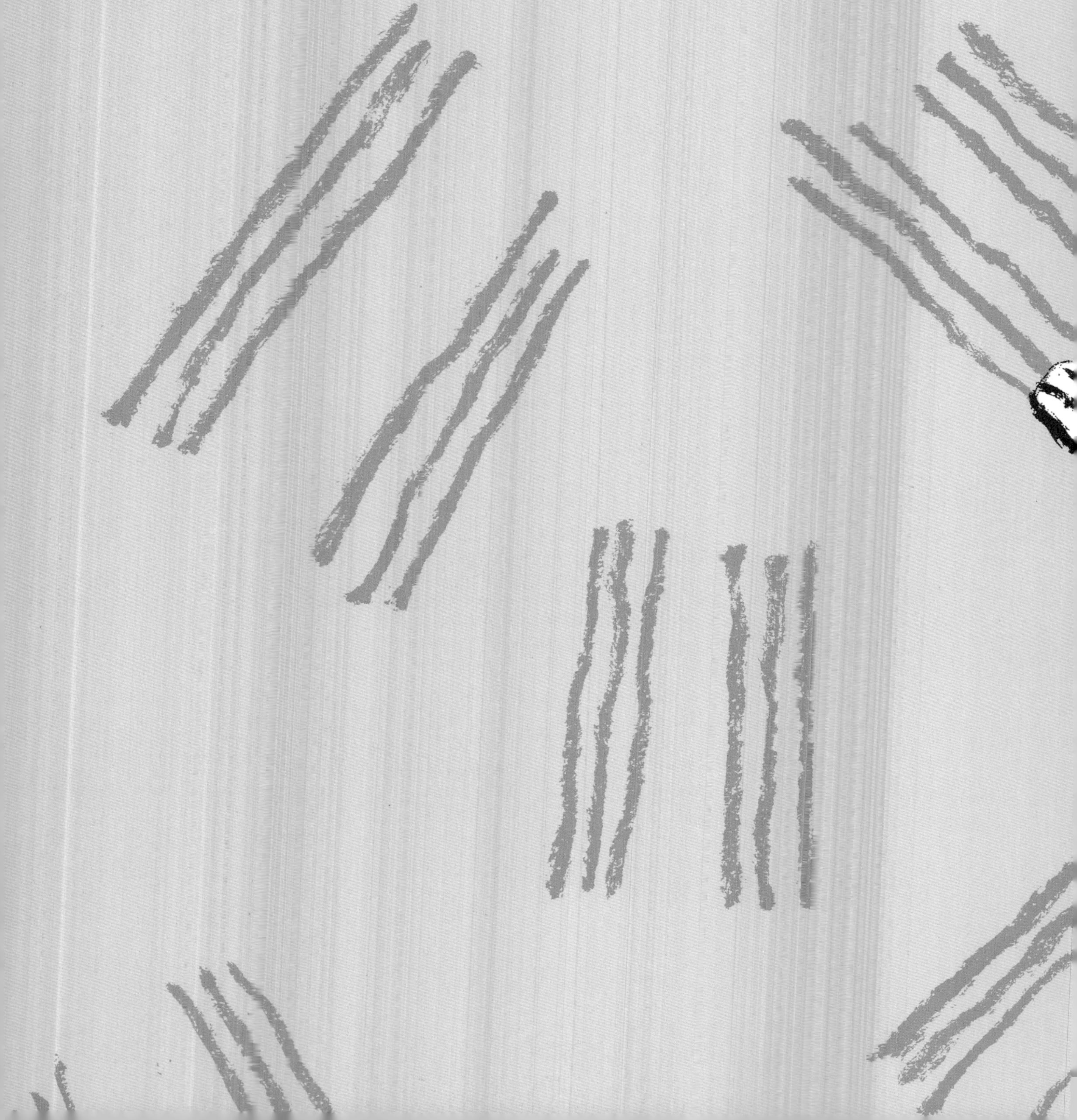

—Por suerte, no. Pero las utiliza
para darme masajes de lo más relajantes.

—¡Qué práctico! Y…
¿a Pedro le gusta comer pienso?

Pedro

—No, pero le encanta masticar chicle.
Incluso hasta sabe hacer burbujas del revés.

—¡Es increíble! Y...
¿a Pedro le gusta esconderse dentro de cajas?

Pedro

—No, ¡en absoluto! ¡Pero deberías verlo
cuando escucha su canción favorita!

—Caray, ¡no está nada mal! Y...
¿Pedro puede hacer algo
que una persona no pueda?

—Claro que sí... ¡Observa esto!

—Se prepara...,

... vuela...

... ¡y atrapa la pelota!

—Pedro es un gato de pie, ¡y es único!
¡Pero lo que más me gusta de él es que...

... puede hacer esto!